MYSTÈRES DANS LES HIGHLANDS

Panique au Loch Ness

Alex Moury
Hugo
Romain
Amytis
Thomas
Cerise
Mélissa

UNITED KINGDOM
SCOTLAND
Drumnadrochit
Inverness
Glamis
Fort William
Edinburgh
Abbotsford
Glasgow
NORTHERN IRELAND
ENGLAND
Nottingham
WALES
London
Folkestone

ISBN : 978-2-368360-78-1
Édité par ABC MELODY Éditions
www.abcmelody.com

Imprimé en Chine
Dépôt légal : août 2016
Loi nº 49-956 du 16 juillet 1949 sur les publications destinées à la jeunesse.
Directeur de collection : Stéphane Husar
Coordination éditoriale : Delphine Wojciek
Conception graphique et mise en pages : Alice Nussbaum

MYSTÈRES DANS LES HIGHLANDS

Panique au Loch Ness

Texte d'Alain Surget
Illustrations de Louis Alloing

abc MELODY

Chapitre 1

Les Jeux highlandais

Dans une auberge de jeunesse, à Inverness.

Le chauffeur range son thermos de café dans une niche, près de son siège, et met le moteur en marche. Alex Moury attend que le dernier élève soit monté pour aller s'installer à côté du guide, à l'avant.

- En route ! lance-t-il. Le Loch Ness nous attend !

- C'est le monstre Nessie qui va frétiller d'aise, complète John. Tous ces jeunes à croquer !

- Et s'il n'aimait que les Écossais ? lui renvoie Jasper, son *tam o' shanter* vissé sur la tête.

- Tu serais aux premières loges, avec ton béret, lui fait remarquer Mélissa la rouquine.

- Beuh, répond le garçon en se tassant sur son siège.

Le car quitte Inverness et s'engage sur la route qui longe la rivière Ness.

- Tu as encore échappé au *haggis*, dit Romain à son amie Amytis. Jasper a bien examiné tous les plats. Il avait l'air déçu de ne pas trouver de la panse de brebis farcie. Tu lui as promis d'y goûter, et il ne te déliera pas de ta parole.

- Nous ne sommes qu'au sixième jour de notre voyage, rappelle Cerise installée à côté d'Amytis.

– Ça veut dire, poursuit Hugo assis sur le siège derrière elle, près de Romain, qu'on risque de nous servir du *haggis* tous les jours restants. Je suis malade rien que d'y penser.

Plus tard, le car fait halte à Glackossian. Les élèves descendent et suivent le guide jusqu'à un point de vue, là où la rivière prend naissance au bout d'un lac.

– Le Loch Ness ! annonce John avec un grand geste. Nous sommes ici à la frontière de deux mondes : celui de l'homme moderne, avec ses villes, ses magasins, sa civilisation ; et celui de la nature sauvage, avec ses légendes, ses habitants aux coutumes étranges, son monstre et ses nains des landes, les terribles Bonnets Rouges aux mœurs sanguinaires, achève-t-il en roulant de gros yeux.

– Pfff ! ricane en douce Mélissa. Encore des histoires à dormir debout.

Le Loch Ness s'étire en un large ruban aux eaux bleutées qui reflètent le ciel comme dans un miroir.

– Le monstre dort là-dessous ? demande Jasper en montrant la surface lisse. Je m'attendais à un lac sombre, presque noir, avec des eaux agitées.

-J'espère que Nessie va se montrer, dit Thomas en brandissant son appareil photo. Je ne veux pas rentrer sans rien, moi.

-Hé ! le reprend Alison. Tu as photographié douze fois l'Eassie Stone, vingt fois le manoir de Walter Scott. Tu as pris des photos de chaque recoin du château de Glamis. Quant au lion de pierre, dans le jardin, tu l'as photographié sous tous les angles.

- Pas de face, se défend Thomas. J'allais le faire quand il a levé la patte sur moi pour me griffer, juste au moment où tous les fantômes se sont mis à hurler et à secouer les barreaux des fenêtres.

- Et tous les plats que tu as pris en photo ! renchérit Hugo. Tu vas ramener toute l'Écosse dans ton appareil.

-Oui, convient Thomas, mais si je n'ai pas Nessie, il va me manquer l'essentiel.

Alex Moury rappelle sa classe car, s'il a prévu un arrêt à Glackossian, ce n'est pas uniquement pour admirer le Loch Ness.

- Nous allons assister à des Highland Games ! déclare-t-il.

- C'est quoi, ça ? grommelle Jasper.

- Les Jeux highlandais, traduit Alison.

- Des jeux pour nous ? relève une fillette.

- Non, répond Mélanie, la deuxième accompagnatrice. Il s'agit de concours de danses et de lancers de troncs d'arbre.

- Hein ? Ils lancent des arbres ? s'exclame Jasper. Ils sont fous, ces Écossais !

Les enfants se regroupent sur un espace délimité par des toiles tendues sur des piquets. Deux podiums sont disposés devant, et une foule attend déjà sur des bancs. Les élèves s'installent sur le sol. Un joueur de cornemuse est planté entre les deux estrades, son instrument dans les bras.

- Tiens, pour une fois, Caféman a quitté son car, remarque Romain, assis entre Amytis et Hugo.

- Il n'a pas oublié son thermos, se moque gentiment Hugo. Il ne peut pas vivre sans café, celui-là.

Le chauffeur, le guide, Farid et Mélanie sont debout côte à côte. Alex Moury se trouve quelques pas derrière eux, et il semble les observer.

- Il y a un traître parmi ces quatre-là, souffle Amytis. Le maître doit s'en douter, lui aussi.

- À moins que ce ne soit le maître, hasarde Hugo.

- Impossible ! tranche Romain. Monsieur Moury était avec la classe dans la salle à manger quand Thomas a surpris quelqu'un dans la chambre de Farid. Il était aussi avec nous trois dans la chapelle de Glamis quand Farid s'est fait attaquer.

- En tout cas, ce n'est pas Farid non plus, déduit son ami. Il ne se serait pas assommé lui-même.

- Je ne le pense pas, souligne Amytis, mais pourquoi s'en prendre à lui ? Est-ce que Farid cacherait quelque chose ?

La question demeure sans réponse. Un mouvement près des podiums attire leur attention. Deux groupes de quatre danseuses montent sur les planches. Les membres du jury s'établissent derrière leurs tables, sous une grande tente, et compulsent des feuilles. Chacune des danseuses porte le costume traditionnel avec un kilt au tartan de son clan, c'est-à-dire aux couleurs rouge, jaune ou vert. Un numéro est affiché sur leur kilt afin que le jury puisse les identifier plus facilement. Le musicien coince sa cornemuse sous un bras, la gonfle, embouche un tuyau puis tire des notes aigrelettes de l'instrument. Aussitôt, les danseuses lèvent les bras et exécutent une gigue, avec des mouvements rapides des jambes et des pieds. Le morceau terminé, les jeunes filles saluent le public, sous ses applaudissements, puis elles quittent la scène pendant que les juges attribuent leurs notes. Après quoi, deux autres groupes se mettent en place.

Au bout d'un moment, Caféman s'éloigne, aussitôt suivi par le guide. Mélanie et Farid leur emboîtent le pas.

– Ils se surveillent l'un l'autre, constate Amytis. Ils ont compris que la menace venait de l'un d'entre eux.

- Le maître nous appelle, dit Hugo en regardant derrière lui.

- Il ne veut pas les perdre de vue, mais il ne tient pas non plus à nous laisser seuls, comprend Romain.

La classe se lève et se rassemble autour d'Alex Moury.

- Nous ne pouvons pas rester encore un peu ? minaude Alison. J'aime bien les danses, moi.

- Le concours a lieu toute la journée, assure l'enseignant. Nous aurons l'occasion de revoir les danses un peu plus tard. Vous allez assister maintenant aux lancers de troncs.

- Ouais ! Ça, c'est pour les hommes ! aboie Jasper en gonflant ses biceps.

- On reste donc là toute la journée ! se réjouit Mélissa. J'espère que notre chauffeur a assez de café dans son thermos.

La remarque fait tiquer Amytis.

- Tiens ? sourcille-t-elle.

Mais elle n'en dit pas plus. La classe rejoint le guide devant un grand terrain où les athlètes écossais sont prêts à s'affronter au *Toss the Caber*, le lancer de troncs.

- On dirait plutôt des poteaux, relève Jasper.

- Ils mesurent de 5 à 6,5 mètres de long et pèsent jusqu'à 80 kg, précise John. Ce n'est pas un jeu pour les mauviettes.

Il sourit dans sa barbe et marmonne :

- *There's also Haggis Hurling, which is specially intended for our French friends who don't like haggis.*

- Hein ? Quoi ? Qu'est-ce qu'il raconte ? demande Cerise.

- Il parle du lancer de *haggis*, traduit Alison. C'est réservé aux Français qui n'aiment pas la panse de brebis farcie.

- On se lance le *haggis* à la figure ? reprend Jasper en décochant un regard de défi à Amytis.

– Je t'ai dit que je le goûterai, se défend la fillette. Si je ne l'aime pas, je te le renverserai sur la tête, c'est promis.

– Heu, euh, ronchonne le garçon alors que les autres éclatent de rire.

Un concurrent soulève un tronc, court sur quelques mètres et le projette en l'air, devant lui. Le tronc s'envole, fait un demi-tour sur lui-même et retombe dans l'axe, l'extrémité se plantant presque dans le sol. Un crépitement d'applaudissements court parmi les spectateurs.

– *Very good toss!* commente John, tandis que le chauffeur se verse un gobelet de café.

Les lanceurs se succèdent avec plus ou moins de succès. Parfois les troncs s'écrasent à plat, soulevant des rires et des sifflets. À d'autres moments, ils ne pivotent pas en l'air et atterrissent sur le mauvais bout. Une fois, même, un tronc manque de retomber sur son propre lanceur. Mais, dans l'ensemble, les concurrents recueillent encouragements et félicitations de la part des juges.

Le temps s'étire. À midi, les enfants sortent leur déjeuner du sac : des sandwiches au concombre et au saumon accompagnés de chips. Puis, ils se répartissent par groupes, les uns avec Farid, les autres avec Mélanie, les derniers avec Alex Moury. Ils assistent à leur gré aux danses, au *Toss the Caber* ou même au tir à la corde...

- Le *Tug of War*, spécifie Alison.

... qui oppose deux équipes. Ceux qui l'emportent tirent tellement fort que leurs adversaires se retrouvent par terre, à plat ventre ou les jambes en l'air, pour le plus grand amusement des élèves qui n'hésitent pas à mêler leurs cris aux acclamations du public.

Les heures tournent. Enfin...

- Au car, les enfants ! appelle monsieur Moury. Nous continuons vers Drumnadrochit !

- Drum-quoi ? s'étrangle une fillette.

- C'est pas un nom, c'est un éternuement ! lâche Jasper.

Quand Cerise s'installe à côté d'Amytis, elle lui trouve un air un peu bizarre.

- Tu es bien songeuse, lui dit-elle.

- Il y a quelque chose qui cloche, répond Amytis.

- Comment ça ? s'étonne Cerise.

Son amie semble sur le point de parler, mais elle se retient.

- Non, fait-elle, je me trompe peut-être.

- À propos de quoi ? insiste Cerise.

Amytis secoue la tête, colle son front contre la vitre et regarde l'ombre géante qui se profile à la surface des eaux. Sans doute l'ombre d'un nuage qui glisse au-dessus du lac...

Chapitre 2

En route pour Drumnadrochit

Le Loch Ness serpente le long de la route. Ses eaux sont si limpides qu'elles reflètent l'image du relief alentour.

– On a l'impression que les montagnes sont renversées et qu'elles flottent dans l'air, remarque Hugo.

- Les collines, corrige le maître. L'eau renvoie en effet l'image inversée des collines qui bordent le lac.

Plaqué contre la vitre, Thomas prend tout en photo : les forêts de mélèzes piquetées sur les coteaux au vert lumineux qui ressort au milieu des sapins sombres, et la lande qui s'accroche au pied des versants, avec ses genêts, ses bruyères et ses fougères.

- En automne, la lande devient rousse, explique le guide, et les fleurs rouges des bruyères se confondent alors avec les bonnets des Powries.

- Des quoi ? s'étonne la classe.

- Les Powries. Les Dunters. Les Combs. Ou encore les Bonnets Rouges ! précise John d'une voix volontairement caverneuse.

- Ah, fait Mélissa, les revoilà, ceux-là.

- Mais qui sont-ils, ces nains dont on ne parle ni dans les brochures ni dans les guides touristiques ? veut savoir Mélanie.

- Les Bonnets Rouges mesurent environ soixante centimètres. Ils sont affreux, ont des mains en serres d'aigle, des yeux couleur de feu, des cheveux en broussaille et une barbe tressée. Ils portent une tunique en peau de mouton et teignent leur bonnet dans le sang de leurs victimes.

Plusieurs fillettes poussent des exclamations d'horreur.

– Ils sont armés d'un bouclier et d'une longue épée appelée claymore, poursuit le guide. Ils vivent dans les ruines des vieux châteaux, détestent les humains et assassinent les promeneurs. Ils les poussent dans le vide ou les écrasent sous d'énormes blocs de pierre.

– Charmant, conclut Mélanie.

– C'est vrai, m'sieur? lance Romain à l'adresse du maître.

Les regards se concentrent sur Alex Moury qui ne sait trop que répondre.

– Ma foi... dit-il, ne voulant pas briser la magie de l'Écosse.

– Ce sont des blagues, renvoie Mélissa, pas très rassurée tout de même.

John se retourne vers elle.

– Les femelles Powries te ressemblent beaucoup, déclare-t-il. Comme toi, elles ont les cheveux roux. Comme toi, elles ne croient jamais ce qu'on leur raconte. Comme toi, elles remettent tout en question.

- Mélissa est une Bonnet Rouge ! s'écrie Jasper en prenant un air effrayé. Attention, elle va faire tomber des rochers sur nous !

- Idiot ! lui jette-t-elle comme des rires éclatent dans le fond du car, autour de Jasper.

Puis, elle choisit de se taire, croise les bras et regarde fixement le dossier devant elle.

Le paysage défile. Des vaches et des taureaux au poil rouge paissent dans des pâturages clôturés. Des moutons à tête noire broutent dans la lande, sans barrières, livrés à eux-mêmes, forçant le car à ralentir lorsqu'ils traversent la route.

- Qu'est-ce que c'est comme race de moutons ? demande une fillette.

- Des Haggis ! répond le guide. C'est avec eux qu'on fait la panse de brebis farcie.

Alex Moury et les deux accompagnateurs éclatent de rire.

- Personne ne les garde, poursuit John. Les troupeaux comportent plusieurs milliers de bêtes disséminées un peu partout. Ce sont les chiens qui les ramènent à la bergerie pour la tonte, une fois par an. Après quoi, on les relâche sur la lande.

- Et quand on veut faire du *haggis* avec eux, on leur court derrière pendant combien de temps ? demande Hugo.

- Mais qu'il est bête, celui-là, chuchote un garçon à l'arrière.

- Tu as remarqué que les collines étaient très pentues, intervient le maître. Ces moutons ont la particularité d'avoir les deux pattes d'un même côté plus courtes que les autres.

- Hein ? Quoi ? lâche une voix.

- Alors, quand on veut les prendre... continue Mélanie.

- On siffle, et les moutons se retournent, achève Farid. Ils perdent l'équilibre, roulent le long du versant jusqu'à la route, où il n'y a plus qu'à les cueillir.

- Exactement, confirme John. Je vois que j'ai affaire à des connaisseurs.

Passé l'instant de stupeur, le car explose sous les :

- Mais c'est n'importe quoi !

- Ils se fichent de nous !

- C'est comme le Dahu dans les Alpes ! Seulement, le Dahu, c'est un chamois !

- Je veux prendre un Haggis en photo ! s'excite Thomas. Il faut absolument qu'on s'arrête !

Monsieur Moury ramène ses élèves au calme.

- Et ça, là-bas, c'est quoi ? veut savoir Cerise en montrant des sortes d'épis écarlates qui remuent entre des touffes d'herbe.

- Des lièvres, indique Romain.

- Des lièvres aux oreilles rouges ? s'écrie la fillette.

- C'est vrai qu'ils ont les oreilles rouges, constate Hugo en écrasant son nez contre la vitre.

- Ce doit être l'effet du soleil, estime Amytis.

- Ou alors les lièvres portent des bonnets rouges ! lance Jasper. C'est ça que vous prenez pour des nains tueurs, de simples lapins à capuche !

Il est pourtant le seul à rire. Un rire qui finit en grommellement. Amytis, qui observe le Loch Ness, remarque à voix haute :

- Il y a autre chose de bizarre : je vois toujours une grande ombre à la surface de l'eau, or il n'y a pas de nuages dans le ciel.

Tous s'attendent à une réponse de John. Il se lève à demi pour jeter un coup d'œil sur les eaux.

- *Oh my god!* laisse-t-il échapper.

Il se passe la main sur le visage puis se rassoit, mais il ne fait aucun commentaire. Son silence est plus inquiétant que s'il avait évoqué le monstre. À l'approche de Drumnadrochit, un brouillard commence à enfumer le lac et les collines.

- On entend quelque chose, signale soudain Farid. Comme des sons de cornemuse.

- Les Bonnets Rouges festoient, avertit l'Écossais. Ils vont danser jusqu'à l'aube, à moins qu'ils ne préparent l'attaque d'un village.

Mélissa se contente de hausser les épaules, alors que les élèves lâchent des cris de stupéfaction.

- John nous a prévenus que nous changions de monde, s'amuse l'enseignant.

- Yyyaaahhh ! claironne Jasper en se levant et en faisant tournoyer une épée imaginaire. Je suis le chef des Bonnets Rouges ! Je vais lancer une charge contre Drumit... Dramnochit... Drumanadroro... euh...

- Y a du boulot ! se moque Alison.

Sa remarque casse l'ardeur guerrière du garçon qui retombe sur son siège.

- Psss, lâche-t-il, dépité.

Le brouillard s'épaissit rapidement. Des écharpes grises flottent sur les eaux et sur la lande, enfermant le car dans une sorte de cocon. Le paysage a disparu, et les phares du véhicule ne dévoilent plus qu'une route jaune quelques mètres devant lui. À l'intérieur, les enfants se sont tus, comme si la moindre parole pouvait gêner l'attention du chauffeur. Certains rentrent même leur tête dans les épaules lorsqu'ils ont l'impression de passer sous une basse branche ou sous la voûte d'un pont.

- On change vraiment de monde, murmure Amytis. Qui sait ce qui nous attend au village de Nessie ?

- Après ce qu'on a subi à Glamis, plus rien ne peut m'étonner, lui renvoie Cerise. Si le monstre traversait devant nous, cela me semblerait normal.

Le car fait soudain une embardée qui projette ses jeunes passagers les uns contre les autres. Deux yeux jaunes jaillissent du brouillard, arrachant des cris aux enfants des premiers rangs... et passent.

- Pfff ! souffle Farid. Pour un peu, cette voiture nous emboutissait.

- J'ai eu peur, dit Hugo en portant la main à son cœur. J'ai cru que c'était le monstre. Il paraît qu'il sort du lac, parfois.

- C'est ce que racontent les Highlanders, confirme Romain.

- Ils sont bien placés pour le savoir, non ? insiste Hugo.

- C'est sûr, confirme son ami, c'est sûr.

Quand le car entre dans Drumnadrochit, la brume se dissipe un peu, laissant entrevoir dans les faisceaux des phares quelques maisons peintes en blanc alignées le long de la route.

- Attention ! crie tout à coup le guide.

Le chauffeur freine brutalement. Retenus par leur ceinture de sécurité, les enfants piquent du nez et retombent sur leur siège. Puis, c'est un concert d'exclamations et de jérémiades.

- Hé ! fait Amytis en donnant un coup de coude à Cerise. Tu as vu ?

- Quoi ?

- C'est un enfant qui a traversé devant nous. Il portait un bonnet rouge aussi haut que lui.

- Mais non, corrige Mélissa assise derrière elles, c'était un gros renard.

- Tu as souvent vu un renard coiffé d'un bonnet rouge ? la reprend Farid. Amytis a raison. C'était un gosse. Ou un nain.

- Ou un lapin aux grandes oreilles ! se mêle Jasper.

- C'était un éclaireur des Bonnets Rouges ! déclare John de sa grosse voix pour éviter des

discussions infinies. Il est venu récolter les *forfar bridies*, ces chaussons à la viande que les habitants déposent sur le rebord de leurs fenêtres. C'est le prix à payer pour que les nains des landes ne viennent pas assaillir les dormeurs en pleine nuit. Les Powries profitent quelquefois du brouillard pour investir les villages.

- J'espère que le patron de l'auberge de jeunesse aura pensé à payer son dû, relève Alex Moury. Sinon, nous allons passer une très mauvaise nuit.

Mélissa émet un petit ricanement moqueur.

- Il me reste des chips ! lance Jasper. Vous croyez que les Bonnets Rouges vont aimer ça ?

- Moi, j'ai un bonbon tout collant au fond du paquet, poursuit un garçon en rigolant. Je veux bien le leur donner pour qu'ils me laissent tranquille.

Les âneries commencent à fuser, mais l'enseignant laisse les enfants délirer un peu afin qu'ils évacuent leur tension et - peut-être - un début de peur.

- Nous descendons à l'auberge de jeunesse qui porte le nom charmant de « The Monster », précise-t-il. Je ne pense pas qu'il soit utile de faire traduire ce mot par Alison.

Le car remonte une rue, cherchant l'auberge au milieu des maisons encore engluées de brume.

- C'est au bout de cette rue, le dirige John. Il y a un parking juste derrière.

Mais alors qu'ils parviennent à « The Monster », une masse sombre émerge du brouillard. Une masse sombre emmanchée d'un long cou et terminée par une tête de dinosaure.

- N... N... Nessie ! hurle la classe.

Hotel
Scotland Mystery Tour

Chapitre 3

Le défi au *haggis*

John éclate d'un bon rire comme le car tourne devant Nessie pour aller se garer derrière l'auberge de jeunesse. Accolé à l'angle du bâtiment, un monstre haut de deux étages et muni de nageoires surveille la rue et les alentours.

- Il est en plastique ! soupire Mélissa qui a crié comme ses camarades. Je savais bien que Nessie n'existait pas.

Les enfants soufflent de soulagement, certains poussent un rire nerveux, Thomas flashe le monstre à travers la vitre du car.

- C'est pour montrer le brouillard à mes parents, se défend-il quand un de ses camarades lui fait remarquer qu'on ne verra rien sur la photo.

Le chauffeur range son véhicule contre l'arrière de l'auberge, sous un treillage fixé sur toute la hauteur du mur - sauf devant les fenêtres - et qui soutient une épaisse couche de lierre. Une fois descendus du car, puis leur bagage à la main, les élèves viennent donner quelques coups de pied au monstre.

- C'est histoire de se venger de la peur qu'il leur a flanquée, confie Alex Moury à ses accompagnateurs.

- Ils ne sont pas les premiers à agir ainsi, vu les enfoncements que Nessie porte à sa base, observe Mélanie en souriant.

- Aidez-les à s'installer, reprend le maître, et retrouvons-nous dans une heure dans la salle à manger.

- Mmm, ça sent le *haggis*! signale John en poussant la porte de l'auberge. On va se régaler ce soir.

Farid, Mélanie et Alex Moury échangent un regard.

- Aïe, aïe, aïe, gémit Mélanie. J'en connais qui vont jeûner s'il n'y a que cela au repas.

* * *

En France, le chef des voleurs de bijoux contacte son complice, en Écosse.

- Allô ?... Oui, c'est moi. J'ai du nouveau à t'annoncer. Quelqu'un va venir prendre la livraison cette nuit. Ça doit se faire à l'abri des regards, bien entendu. Personne ne te soupçonne de transporter la marchandise ? Ah, c'est le nommé Farid qui a attiré l'attention de la bande à Waldo. Il n'a rien à voir avec nous, celui-là. Méfie-toi quand même. Si l'accompagnateur a été attaqué, c'est qu'il y a un traître parmi vous. Tu reconnaîtras facilement l'ami que l'on t'envoie : un grand rouquin ébouriffé, avec les dents en avant et les yeux un peu fous. On le surnomme le Caïman.

Non, je ne sais pas exactement à quelle heure il arrivera. Donne-moi le numéro de ta chambre et dis-moi s'il y a un moyen de pénétrer dans l'hôtel sans forcer la porte. Je communiquerai les détails au Caïman, et il se débrouillera pour te joindre.

Sitôt les renseignements obtenus, l'homme raccroche et se frotte les mains.

- Enfin ! se réjouit-il. Dans quelques heures, les diamants partiront pour les Pays-Bas où ils seront retaillés. La police n'imaginera jamais le périple qu'ils ont accompli pour lui passer sous le nez.

Peu après, c'est Waldo, le chef de la bande rivale, qui appelle son complice en Écosse.

- Ça y est, dit-il, j'ai eu des nouvelles de mon espion chez les voleurs. Les bijoux doivent changer de mains cette nuit. Arrangez-vous pour que cela n'ait pas lieu, et dénichez le butin au plus vite ! Si ce n'est pas Farid qui les transporte, c'est forcément quelqu'un d'autre. Non, mon espion est formel : c'est l'un de ceux qui participent au voyage. Arrangez-vous pour fouiller chaque chambre. Je sais que c'est difficile puisque vous êtes toujours avec les gosses, mais je vous fais confiance pour inventer de bonnes excuses.

Waldo raccroche d'un geste brusque, mécontent que l'autre n'ait pas encore abouti à un résultat.

* * *

Au «The Monster», les CM1 de monsieur Moury se déversent dans la salle à manger. Ils sont les seuls occupants de l'auberge de jeunesse et se pressent devant le présentoir qui propose des plats chauds. Ils retrouvent les aliments habituels, mais s'interrogent devant un hachis grisâtre servi avec une purée de pommes de terre et de navets jaunes, et dont l'odeur forte en incommode déjà plusieurs.

- Voilà le fameux *haggis* ! claironne John en se servant une assiette pleine.

- Il n'y a pas plutôt du porridge ? demande Cerise avec une moue.

- Ça y est, je suis malade, se lamente Mélissa en se tenant le ventre.

- Amytis ! chantonne Jasper. Rappelle-toi ton pari !

- C'est à celui de nous deux qui finira son plat le premier, répond la fillette. Quoi ? Tu ne vas pas te contenter de me regarder manger, tout de même ? ajoute-t-elle en voyant sa mine déconfite.

- Euh... non, articule Jasper, ne voulant pas se défiler aux yeux de ses camarades.

Amytis se fait remplir son assiette et va s'asseoir.

- Un petit peu, à peine à peine, dit Jasper à celui qui le sert. Et beaucoup de purée de pommes de terre.

Il prend un air désolé quand on lui rajoute du navet.

- *It's very good for your health*, lance la cuisinière, debout derrière les bacs. *Haggis isn't just made from lungs, liver and heart minced and boiled inside a sheep's stomach, but it also contains suet, oatmeal, onions, mixed herbs and stock.*

Jasper se tourne vers John, quêtant son aide.

- J'ai rien compris, souffle-t-il.

- Alison va te résumer tout cela, dit Alex Moury, bien en peine de traduire lui-même ce flot de paroles.

- En gros, elle affirme que c'est très bon pour ta santé, commence Alison qui choisit néanmoins un plat de fish and chips. Le *haggis* n'est pas seulement fait avec du poumon, du cœur et du foie bouillis dans de l'estomac de brebis, mais aussi avec de la graisse de bœuf, de la farine de flocons d'avoine, des oignons, des herbes et du bouillon.

- Beurk ! s'exclament la plupart des élèves qui se rabattent aussitôt sur le poulet au curry, la viande froide et les crudités...

- ... avec des frites ! insistent beaucoup avant de prendre leur assiette.

Amytis attend que Jasper s'installe en face d'elle, et que les autres prennent place autour d'eux.

- Ce n'est pas un concours de vitesse, rappelle Alex Moury qui se pose en arbitre. Et si vous n'aimez pas, n'allez pas vous rendre malades en vous forçant à tout manger.

Amytis mélange un peu de *haggis* avec de la purée pour adoucir le goût, porte la fourchette à sa bouche, la vide et mâche lentement. Tous la regardent, guettant sa réaction. Jasper se jure de refuser d'y goûter si la fillette recrache sa bouillie. Amytis fait durer le suspense, puis elle avale.

- Mmm ? fait-elle, comme si elle s'interrogeait.

Elle se sert une deuxième bouchée.

- Étonnant, dit-elle après l'avoir ingérée.

- Alors ? s'impatiente Jasper. C'est mangeable ?

- Goûte, tu verras, lui retourne-t-elle.

Il inspire un grand coup pour se donner du courage, et enfourne une noisette de *haggis* dans sa bouche. Il mâchonne, mastique, mâchouille, donne l'impression de chiquer, mais il n'arrive pas à avaler sa pâtée.

- Allez Jasper! Allez Jasper! Allez! l'encouragent ses supporters alors qu'Amytis a déjà vidé la moitié de son assiette.

Jasper est rouge de confusion. Il ne sait comment se débarrasser de sa boulette, et finit par la cracher dans son mouchoir. Il boit son jus d'orange à longs traits pour se nettoyer la bouche.

- Je n'ai pas faim, ce soir, sort-il en guise d'excuse.

- Hououou ! fait la classe.

- Et le vainqueur, c'est... lance Romain.

- Amytis ! clament les enfants, faisant crépiter leurs applaudissements.

- C'est toi qui mérites le *tam o' shanter* ! intervient John qui s'est levé de table pour aller se servir à nouveau.

- Normal, elle est habituée à manger n'importe quoi, l'Iranienne ! grince Jasper, mauvais perdant.

- Je t'ai déjà dit et répété que je suis française, sac à foin ! riposte la fillette. Retourne à ta purée et à ton jambon moulu !

- Jasper va nous faire le plaisir de goûter aux scones à la confiture et à la crème, s'interpose le maître. On n'a pas besoin d'avoir faim pour ça, ajoute-t-il en passant son bras autour des épaules du garçon pour le conduire vers la table des desserts. Et si l'appétit te revient brusquement, lui glisse-t-il, rien ne t'empêche de te jeter sur les sandwiches au saumon.

- Ton pari est gagné, se réjouit Romain en apportant son dessert à Amytis.

- Tu es la meilleure, la félicite Hugo. Mais tu ne crains pas d'avoir mal au ventre ?

- C'est la première bouchée qui a été la plus dure. Heureusement, je m'étais mis un carré de chocolat sous la langue, juste avant, leur confie leur amie à voix basse après s'être assurée que personne ne les écoute. Ça a fait un peu passer le goût.

- Alors, si Jasper s'était rempli la bouche avec des marshmallows... ? lâche Hugo en ouvrant de grands yeux.

- Nous aurions été ex æquo, reconnaît Amytis.

- Tu as triché, souffle Hugo.

- Pas vraiment, rectifie Romain. Amytis a tout de même terminé son *haggis* bien après que le chocolat a fondu. Caféman adopte un peu la même technique, chuchote-t-il en parlant du chauffeur. Pour ne pas sentir l'odeur du *haggis*, il garde le nez au-dessus de son thermos.

– Une chance pour lui que l'odeur du café soit si tenace, fait remarquer Amytis d'un air un peu mystérieux. Parce que cela fait un moment que son thermos est vide.

Chapitre 4

La nuit des Bonnets Rouges

La nuit est tombée. Amytis tourne et se retourne dans son lit. Ses camarades dorment depuis longtemps, mais elle n'arrive pas à trouver le sommeil.

« C'est le *haggis*, estime-t-elle. Je n'aurais jamais dû parier avec Jasper. Voilà ce que c'est que de vouloir me montrer plus maligne ! Quelle idée aussi j'ai eue de me bourrer de chocolat avant de me coucher, juste pour enlever ce goût de mouton ! J'ai le ventre qui gargouille. Ça tressaute dans mes intestins comme si j'avais avalé un poisson vivant. »

Elle soupire, se demande si elle ne va pas aller réveiller Mélanie, dans la chambre en face, pour qu'elle lui donne un cachet facilitant la digestion. Elle hésite...

« Je vais déranger tout le monde en allumant, ou cogner dans les lits si je me déplace dans le noir. Il vaut mieux rester couchée, ça va passer.

Il suffit que je m'endorme, et je ne sentirai plus rien. En tout cas, demain, je me contenterai de sandwiches au concombre, c'est juré ! »

Le vent se met à souffler sur le Loch Ness. Mêlés aux bourrasques, des sons de trompes semblent descendre des collines, appuyés par des cornemuses. Amytis ramène le drap sur ses épaules. Elle songe un instant aux paroles du guide.

« Les Bonnets Rouges se rassemblent-t-il sur la lande ? se demande-t-elle. Mais non, c'est idiot. Ces nains n'existent que dans les légendes. »

Pourtant, un frisson la parcourt des pieds à la tête. Elle attrape un pan de la couverture retroussée sur ses jambes, la tire entièrement sur elle et se tasse dessous. À la longue, ses paupières s'alourdissent. Malgré les crampes de son ventre, Amytis finit par sombrer dans le sommeil.

La lande brûle de multiples feux. Les Bonnets Rouges bondissent autour, battant la terre de

leurs pieds nus dans une danse magique et primitive. Ils sautent par-dessus les brasiers sans se brûler, et hurlent tels des loups pour s'exciter à la guerre. D'autres frappent leur claymore contre leur bouclier, accompagnant le son aigu des cornemuses par un martèlement assourdissant. À un signal de leur chef, les nains des

landes se regroupent derrière lui, prêts au combat. Le crépitement des armes s'accélère quand la horde se met en marche, emplissant la vallée d'une clameur sauvage.

Au même moment, les eaux du Loch Ness s'agitent, secouées par en dessous. La grande forme qui nage au fond remonte à la surface.

Son long cou jaillit dans une explosion d'écume, et des yeux aux reflets de lune se posent sur les premières maisons de Drumnadrochit. La bête aperçoit alors son double collé contre un bâtiment et, de colère, elle expulse un jet de vapeur par ses naseaux. Puis, elle s'approche de la berge.

Tous les chiens du village aboient comme des fous. Ils tirent sur leur chaîne, grattent à la porte et bondissent contre les grilles pour alerter leurs maîtres. Les Bonnets Rouges entrent dans Drumnadrochit et se répandent dans les rues en une véritable marée rouge. Ils investissent les jardins et les cours, poursuivent les chiens, défoncent les portes et les fenêtres, pénètrent dans les chambres et jettent leurs malheureuses victimes en bas du lit au milieu des cris et des hurlements.

Les nains braillent des chants de victoire et commencent à se battre entre eux afin d'être les premiers à tremper leurs bonnets dans les pots de confiture. À la fraise, à la framboise, à la myrtille, à la cerise, peu importe, pourvu que ce soient des fruits rouges.

Le chef montre soudain l'auberge de jeunesse. Il a la même tête que Jasper, et ses yeux jettent des éclats de feu. Il émet un grognement de fond de gorge. Aussitôt, toute la bande se rue vers « The Monster ». Comme Nessie est en train de s'acharner contre le monstre en plastique, les Bonnets Rouges le contournent et découvrent le treillage contre le mur. Alors, l'épée entre les dents, les nains guerriers s'agrippent au lierre et grimpent vers les fenêtres.

- Aaah ! crie Amytis, réveillée par la peur, et trempée de sueur.

La chambre est calme. Aucun tumulte de bataille ne provient du dehors.

« C'est un cauchemar, comprend-elle, un horrible cauchemar à cause du *haggis.* »

Elle se lève néanmoins et va jeter un coup d'œil à la fenêtre pour se rassurer complètement. Une rafale de vent fait trembler la vitre avec une espèce de miaulement pareil au son d'une cornemuse qui se vide. Amytis soulève légèrement la fenêtre à guillotine et passe sa tête à l'extérieur pour respirer une bouffée d'air frais.

Là, dans la pâleur lunaire, accroché au treillage, pend un corps.

Chapitre 5

L'inspecteur Mac Ullott

D'abord, Amytis croit que quelqu'un cherche à monter ou à descendre le long du treillage, et son cauchemar lui revient en plein visage. Puis, elle se rend compte qu'il ne bouge pas.

« Il s'est assommé ou bien il est… mort », s'effraie-t-elle.

Amytis va allumer et se met à crier pour alerter ses camarades. Les fillettes sursautent dans leur lit, d'autres mâchonnent des gémissements outrés avant de s'éveiller complètement. Comme Cerise et Mélissa se pressent à la fenêtre pour regarder, Mélanie entre en trombe dans la chambre. L'instant d'après, elle en ressort, livide, et croise Farid et Alex Moury qui accourent.

- Il y a un cadavre sous les fenêtres ! signale-t-elle. C'est Amytis qui l'a découvert.

La nouvelle fait le tour de l'auberge. John, Caféman et toute la classe de CM1 se retrouvent bientôt dans le couloir et échangent les hypothèses les plus folles : c'est un rôdeur, un voleur, un kidnappeur, un deltaplaniste tombé du ciel...

- Je ai prévenou le police, annonce le propriétaire qui parle un peu le français et qui vient de jeter un coup d'œil sur le corps. L'homme est mort par un couteau. Un inspector va être envoyé à nous de Inverness, mais il sera que là dans le matin. Person doit quitter la jeunesse auberge. Le police dire quand.

- Ah non ! s'écrie le chauffeur. J'ai un trajet et des horaires à respecter, moi !

- Nous ne serons sans doute pas retenus longtemps, le rassure Alex Moury. Nous n'avons rien à voir avec ce qui s'est passé.

– C'est une de nos gamines qui a découvert le corps, intervient John. Elle sera forcément interrogée.

– *Go back to your rooms and try to get some sleep!* lance la femme du propriétaire – « la cuisinière », la reconnaît Jasper. *And do NOT, under any circumstances, leave the hostel without police permission. We don't want any pieces of evidence damaged or destroyed by kids running around!*

– Hein ? Quoi ? Qu'est-ce qu'elle raconte ?

– Au lit ! abrège John. Et tâchez de dormir !

– Elle a utilisé autant de mots pour en dire aussi peu ? s'étonne Hugo.

– Elle nous a ordonné de ne pas sortir de l'auberge pour ne pas brouiller les indices, ajoute Alison.

– Et à l'intérieur, on peut se déplacer ? râle Jasper.

– Bien sûr, répond le maître. L'homme a été tué dehors, pas dedans. Une chose encore, dit Alex

Moury avant de renvoyer ses élèves dans leurs chambres : personne n'appelle ses parents au milieu de la nuit ! Non, Thomas, il n'est pas question que tu ailles prendre la victime en photo.

– Mais j'ai rien dit, se défend le garçon, surpris.

– Oh, tu y as certainement pensé, soupire monsieur Moury, puisque tu as ton appareil dans la poche de ton pyjama.

« Tiens, c'est bizarre », remarque alors Amytis en regardant l'un des adultes.

* * *

L'inspecteur Mac Ullott a réuni tous les occupants de l'auberge dans la salle à manger. De taille moyenne, légèrement bedonnant, il ressemble à un bouledogue et s'exprime parfaitement en français. Il vient de relever les identités et d'interroger chacun, mais hormis Amytis, tout le monde dormait et n'a donc rien vu ni rien entendu. L'homme a tout noté sur son ordinateur portable, puis il a transféré la photo de la victime à Scotland Yard.

- Puisqu'il est évident que cette affaire ne nous concerne pas, pouvons-nous repartir? s'impatiente le chauffeur.

- Le couteau ne semble pas provenir de la cuisine, indique l'officier de police. Mais mon équipe a remarqué que Nessie porte des estafilades sur le corps. Des griffures toute récentes.

Amytis tressaille. Est-ce que le vrai monstre serait effectivement sorti du lac pour lacérer son double ?

- C'est une chaussure qui a endommagé la statue, continue Mac Ullott. Quelqu'un est descendu de la fenêtre du deuxième étage, à hauteur de la tête de Nessie, et il s'est laissé glisser le long du cou et du dos. C'est en remontant qu'il a dérapé plusieurs fois et qu'il a entaillé le monstre.

Devant le silence né de l'étonnement général, il précise :

– La fenêtre au-dessus de Nessie donne sur un couloir. Le cadavre se trouve sous une fenêtre qui donne aussi sur un couloir. Le même couloir.

– Et alors ? demande John.

- Alors, j'ai de bonnes raisons de croire que l'assassin est venu de cette auberge, et qu'il y est retourné une fois son crime accompli. La victime a été frappée dans le dos de bas en haut, pendant qu'elle escaladait le treillage. Son meurtrier est un expert dans l'art du lancer de couteau.

- Vous pensez que le mort était un voleur? interroge Farid.

- Quand je saurai ce qu'il venait chercher ici, je serai tout près de découvrir son assassin. J'espère que vous comprendrez que vous êtes tous consignés dans cette auberge, poursuit l'inspecteur, soulevant des cris d'indignation et des protestations. Je n'ai pas affirmé que le meurtrier était l'un d'entre vous, ajoute-t-il d'une voix apaisante, mais à ce stade de l'enquête, vous êtes tous suspects. Je parle des adultes, bien évidemment.

- Et si les coupables étaient les Bonnets Rouges? murmure Hugo, debout entre Romain et Amytis.

- Ça ne nous expliquerait pas plus pourquoi ce type montait au treillage, rétorque Romain.

- Pour leur échapper, pardi ! fait Hugo sur le ton de l'évidence.

Amytis ne dit rien, perdue dans ses pensées.

- Cette affaire est peut-être liée à ce qui s'est passé à Édimbourg et à Glamis, suppose Farid.

- Ah ? s'étonne Mac Ullott. Que s'est-il passé là-bas ?

- Quelqu'un a fouillé ma chambre, et il m'a agressé plus tard. Mais je ne sais pas de qui il s'agit.

- Le car a également été fracturé et fouillé, renchérit Mélanie.

- Tiens, tiens, sourcille l'inspecteur. Racontez-moi donc tout cela dans le détail.

Pendant que Farid et le chauffeur relatent les faits, Mac Ullott recueille leurs déclarations en pianotant sur son clavier. À peine a-t-il terminé qu'il reçoit un courriel de Scotland Yard.

- Voilà qui est intéressant, annonce-t-il en lisant ce qui apparaît sur son écran. On vient de me transmettre des renseignements sur la victime. Surnommé le Caïman, l'homme était connu de nos services pour avoir participé à des braquages de bijouteries. Il était en cheville avec des receleurs chargés d'écouler des diamants volés. Il y a eu un vol important de bijoux, en France, poursuit-il en revenant sur ses notes. Mais vous devez être au courant puisqu'il a eu lieu la veille de votre départ. Et dans votre ville, en plus ! Cela fait beaucoup de coïncidences, vous ne trouvez pas ? observe-t-il avec un sourire malin.

- Que sous-entendez-vous ? s'inquiète Alex Moury. Vous nous soupçonnez d'avoir quelque chose à voir avec ce vol ?

- Je vais faire fouiller le car, ainsi que vos chambres.

- Même les nôtres ? demande Mélissa.

- Même les vôtres ! confirme l'officier de police. On ne sait jamais. Elles pourraient servir de cachettes sans que vous le sachiez.

- Horreur ! Je n'ai pas rangé mes chaussettes ! s'en veut la petite rouquine.

- Mais qu'est-ce qu'on va faire toute la journée ici ? se lamente Mélanie.

- Il y a des souvenirs boutiques à Drumnadrochit, intervient le patron de l'auberge. Et vous pouvez aller à visite aux ruines de Urquhart Castle, tout près.

- Il ne demande pas mieux qu'on reste bloqués ici, celui-là, grince Farid. C'est tout bénéfice pour lui.

- De toute façon, ce sont des chambres et des repas que vous n'aurez pas à payer à Glasgow ou à Londres, remarque John, puisque les jours que vous passerez ici, vous ne les passerez plus ailleurs.

- Si l'un de vous avait la mauvaise idée de profiter d'une sortie pour s'enfuir, prévient l'inspecteur, il se désignerait immédiatement comme le coupable. Il serait alors recherché sur tout le territoire.

- Voilà un voyage qui tourne bien mal, se désespère Alex Moury. Que vont penser les parents ?

- Au contraire, m'sieur ! aboie Jasper. Nous sommes au cœur d'une enquête criminelle. C'est génial, non ? Qui va-t-il arrêter, à votre avis, Mac Ullott ?

Chapitre 6

Au château d'Urquhart

En fin de matinée, les enfants reviennent des boutiques de Drumnadrochit, où ils ont acheté des T-shirts à l'effigie du monstre du Loch Ness, des statuettes ou des peluches représentant Nessie, et d'autres babioles. Comme l'exploration des chambres n'est pas terminée, Mac Ullott demande aux jeunes de laisser leurs achats dans un coin de la salle à manger. Seuls les adultes sont autorisés à déposer leurs paquets dans leurs chambres, celles-ci ayant été minutieusement examinées.

- L'équipe qui doit procéder à la fouille du car arrivera plus tard, annonce l'inspecteur. Ce n'est pas un travail facile car il faut démonter, puis remonter... Ne faites pas cette tête ! lance-t-il au chauffeur qui s'apprête à protester, mes hommes sont des professionnels, ils remettront chaque grain de poussière à sa place. En attendant, le car est sous scellés, et personne ne peut y accéder.

- Et cela va durer jusqu'à quand ? grommelle Caféman.

- Au moins jusqu'à demain. Ensuite, j'aviserai en fonction de ce que nous aurons découvert ou pas. J'ai interrogé le personnel de l'auberge de jeunesse, ce matin, et je le crois totalement hors de cause. C'est donc sur vous cinq que reposent mes soupçons, appuie-t-il en promenant son regard sur Alex Moury, ses accompagnateurs, le guide et le chauffeur. Tant que je n'ai pas recueilli la moindre preuve contre vous, vous êtes libres de vos mouvements, sauf de quitter Drumnadrochit.

- Tout comme une chèvre est libre de tourner autour de son piquet, conclut l'enseignant.

Mac Ullott lui décoche un sourire carnassier puis, d'un geste, il invite tout le monde à s'installer pour le repas de midi.

L'après-midi, Alex Moury décide d'emmener sa classe visiter les ruines du château d'Urquhart, à trois kilomètres de Drumnadrochit. Le car étant immobilisé, c'est à pied que se fait le trajet, soulevant quelques râleries de la part de certains. Pour éviter de se retrouver sous le regard de l'inspecteur qui a pris ses quartiers à l'auberge, Caféman a choisi de les accompagner,

son thermos bien rempli à la main. À mi-chemin, Jasper se met à chanter un air de colonie de vacances, repris par l'ensemble des enfants.

- Trois kilomètres à pied, ça use, ça use, trois kilomètres à pied, ça use les souliers !

Le chant cesse quand le château d'Urquhart apparaît au bout du chemin. Une tour rectangulaire à moitié écroulée se dresse sur la rive du Loch Ness. Le château s'étire en longueur, dessinant une série d'arêtes dorsales qui le font ressembler au squelette d'un animal préhistorique.

- Il date du XIIe siècle, explique John, en tête de la colonne, mais il a été renforcé par Édouard Ier à la fin du XIIIe, lorsque le roi a rattaché l'Écosse à l'Angleterre.

- Il n'en reste vraiment plus grand-chose, remarque Mélanie.

- Vous croyez que les Bonnets Rouges nous guettent au milieu des ruines ? s'inquiète une fillette.

- Si vous restez sur le sentier, vous ne risquez rien, leur conseille Alex Moury.

Mais à peine arrivés, les enfants s'égaillent et courent partout. Jasper réunit quelques camarades, va se camper avec eux sur les ruines, et hurle qu'ils sont des Bonnets Rouges et qu'ils vont attaquer les touristes. Amytis, Romain et Hugo se promènent au milieu des vestiges, puis ils se dirigent vers la tour. Au moment d'y pénétrer, ils distinguent une voix à l'intérieur.

- On a la police sur le dos. On est bloqués à Drumnadrochit. Oui, oui, rassure-toi, je les ai.

- C'est Mélanie, chuchote Romain.

- Il suffira de les faire retailler, poursuit Mélanie. Je connais quelqu'un qui s'en chargera très bien.

- Alors c'est elle qui a les bijoux ? siffle Hugo. Qui aurait pu penser que... ?

- Attention, elle vient vers nous ! avertit son ami.

Les trois enfants s'éloignent rapidement de la tour. C'est bien Mélanie qui en ressort, le portable toujours vissé à l'oreille.

- Je ne comprends pas, dit Amytis, perplexe. Je ne comprends vraiment plus.

- Il faudra en parler à Mac Ullott, en rentrant, suggère Hugo.

– Ni à Mac Ullott ni à personne d'autre ! refuse Amytis. J'aimerais encore vérifier quelque chose. Tu peux tenir ta langue jusqu'à demain ?

* * *

Au même moment, en France, le chef des voleurs a une mine décomposée au téléphone.

– Le Caïman est mort, et tu as la police sur le dos, répète-t-il. Tu es sûr que personne ne risque de trouver les diamants ? Bon. Seuls toi et moi étions au courant pour la livraison. Je me demande s'il n'y a pas un traître dans nos rangs, qui aurait mis mon téléphone sur écoute. Par prudence, on ne s'appelle plus. Fais pour le mieux ! Au pire, comme tu dis, nous ferons retailler les pierres par quelqu'un d'autre.

* * *

Passe le soir, et passe la nuit.

Le lendemain, il pleut sur la région, obligeant les élèves à rester à l'auberge. Vautrés sur leur lit, ils lisent, jouent à la console ou font les pitres dans les couloirs.

L'inspecteur Mac Ullott attend le rapport de l'équipe qui fouille toujours le car, quand Thomas arrive derrière lui.

- M'sieur Mac Ullott ! appelle-t-il.

L'homme se retourne et reçoit le flash dans les yeux.

- C'est pour montrer un policier écossais à mes parents, se justifie le garçon. Mon père m'a dit de photographier tout ce que je voyais.

- Tu en as pris beaucoup, des photographies ?

- Oh oui ! Surtout à Glamis ! Il y avait des fantômes partout. J'espère qu'on les verra bien sur les photos.

- Tiens, tiens, réfléchit l'officier de police en se grattant le menton. Glamis, c'est bien là que

Farid s'est fait agresser, n'est-ce pas ? Prête-moi ton appareil un moment ! Je vais enregistrer tes vues sur mon ordinateur, et je te le rendrai ensuite. Je te promets d'effacer toutes les photos qui ne me serviront pas pour l'enquête.

– Ben... si c'est pour l'enquête..., accepte Thomas en lui remettant son appareil.

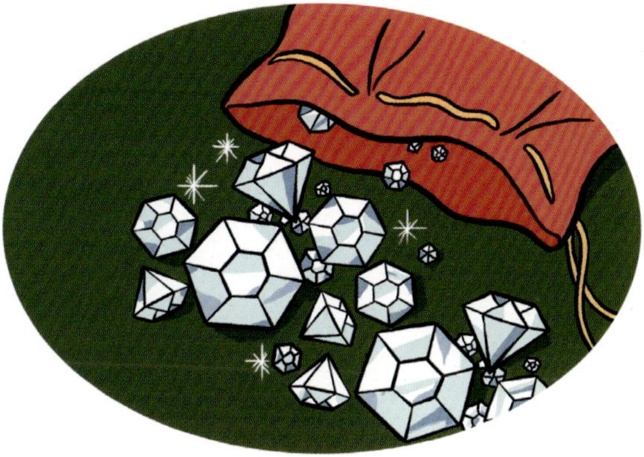

Chapitre 7

Révélations

Plus tard dans la journée, l'inspecteur Mac Ullott réunit tout le monde sur la terrasse de l'auberge. Il est assisté par quatre policiers.

- J'ai du nouveau, déclare-t-il en s'asseyant devant le groupe. Et cela grâce à une photo de notre ami Thomas. En agrandissant une image sur mon écran, j'ai réussi à distinguer un homme sortant d'une haie, juste derrière Farid, dans les jardins du château de Glamis. C'est bien l'endroit où vous avez été agressé ? demande-t-il à l'accompagnateur.

Farid s'approche, regarde...

- Oui, confirme-t-il. Et derrière moi, c'est...

- Coinneach Tomnahurich, appelé John par les enfants ! claque Mac Ullott. C'est lui votre agresseur. C'est certainement lui qui a fouillé votre chambre à Édimbourg, de même que le car.

Sidérés, tous ont les yeux fixés sur le guide.

- Vous racontez n'importe quoi, inspecteur, se défend John. Je me promenais dans...

- Du coup, j'ai pris d'autres renseignements sur vous, l'interrompt Mac Ullott. Vous avez remplacé au pied levé le guide qui était prévu, après que vous ou un de vos complices l'avez renversé en voiture. À ce propos, ce guide était lié à des trafiquants de diamants. Nous le cueillerons à sa sortie d'hôpital.

- J'ai fait mon travail de guide, un point c'est tout, se défend John. Je n'ai rien à voir avec l'accident.

- D'autre part, vous êtes un expert dans l'art de lancer le couteau, continue l'inspecteur sans tenir compte de ses objections. Nous avons prélevé des empreintes sur le couteau qui a tué le Caïman. Non pas sur le manche, mais sur la lame. Il est en effet difficile de lancer un poignard avec précision lorsqu'on porte des gants. Ces empreintes sont bien les vôtres, car vous êtes déjà fiché à Scotland Yard. Vous êtes guide, c'est vrai, mais aussi lié à des associations de malfaiteurs. Vos appels téléphoniques seront étudiés, et je ne doute pas que nous retrouverons facilement vos correspondants, même dans d'autres pays. Les services d'Interpol se chargeront alors de les arrêter.

Deux policiers l'empoignent, fouillent ses poches et en extirpent un portable qu'ils donnent à l'inspecteur.

– Mais qui a pu lui mettre en tête que les bijoux volés étaient parmi nous ? demande Mélanie.

– Nous le saurons quand il aura parlé. Autre nouvelle qui devrait vous rassurer :

nous n'avons absolument rien trouvé dans le car.

- Ah ! fait le chauffeur, soulagé. Vous voyez bien que nous n'avons rien à voir avec cette histoire de vol.

- Et pourtant, je suis convaincu que John ne s'est pas joint à vous pour rien, soupire Mac Ullott. Le Caïman ne s'est pas déplacé pour rien non plus : il est venu prendre livraison des diamants. Ces deux-là n'ont pas pu se tromper à ce point, de même que ceux qui les emploient.

- Les diamants, c'est Mélanie qui les transporte ! lance soudain Hugo.

- Non ! crie Amytis, mais trop tard.

Mélanie s'est redressée, pâle comme un linge.

- Que... quoi ? balbutie-t-elle. Tu es fou !

- Nous t'avons entendu parler au téléphone, à Urquhart, poursuit Hugo, sûr de son fait. Tu as dit que tu les avais, que tu les ferais retailler...

- J'ai parlé des vêtements que j'ai achetés hier, bougre d'âne ! s'exclame la jeune femme. Je fais partie d'une troupe de théâtre. J'ai acheté un grand costume de Nessie et des... Allez donc vérifier dans ma chambre ! crie-t-elle, au bord des larmes.

- Ce n'est pas la peine ! intervient Amytis d'une voix forte, en se levant. Mélanie est innocente.

La stupeur est totale. Même Mac Ullott a les yeux et la bouche grands ouverts.

- Amytis… commence le maître.

- Laissez-la parler! ordonne l'inspecteur. Je suis curieux d'entendre cela.

- Votre thermos contient à peu près un litre de café, non? demande-t-elle au chauffeur.

- Un litre pile, répond l'homme sans chercher à comprendre le pourquoi de la question.

- Et un litre correspond à combien de gobelets? Le capuchon sert bien de gobelet, il me semble.

- Euh, oui, fait Caféman en fronçant les sourcils, cherchant où la fillette veut en venir.

- Combien de gobelets pour un litre de café ? reprend l'inspecteur qui commence à entrevoir la solution.

- Quatre ou cinq. Ça dépend si on les remplit entièrement ou non.

- Alors comment se fait-il qu'au bout de deux ou trois gobelets - ça dépend comment vous les remplissez - votre thermos soit déjà vide? assène Amytis.

- Mais...

- Pourquoi avez-vous constamment votre thermos sur vous ? Même la nuit du crime, dans le couloir, vous le teniez à la main. Et pourtant vous n'avez pas bu une seule goutte à ce moment-là.

- J'aimerais jeter un coup d'œil sur votre si précieux thermos, exige Mac Ullott en tendant la main.

- Qu'est-ce que vous allez imaginer? se récrie le chauffeur. Cette petite peste délire complètement.

- Je vous ai longuement observé, votre thermos cache quelque chose, soutient Amytis.

- Si l'objet ne contient rien d'autre que du café, pourquoi refuser de me le confier? insiste l'inspecteur.

Caféman se lève en faisant mine d'obéir, mais il jette brusquement le thermos à la tête de Mac Ullott et tente de s'enfuir. Il bouscule les enfants qui le gênent, mais les deux derniers policiers se jettent sur lui et le ceinturent.

Le thermos a éclaté en tombant sur le sol. Et là, dans une mare de café, pareils à des grains, s'étalent les diamants.

- Alors là ! Alors là ! bafouille Jasper, épaté, tu es vraiment la plus forte ! reconnaît-il en regardant Amytis. Et je suis fier d'être ton ami.

- Ben voyons, ricane Mélissa.

- Nous sommes tous très fiers de toi, déclare Alex Moury comme le chauffeur est entraîné vers la voiture de police. Tu t'es montrée plus perspicace que nous tous. Quel œil tu as ! Quelle aventure, mes enfants ! Que de choses à raconter à vos parents ! Et quel magnifique compte-rendu vous allez réaliser pour le journal de l'école ! achève-t-il avec un sourire malicieux alors que des « Oh ! Oh ! » s'élèvent déjà. Je vois le titre d'ici : « Amytis décorée par la police écossaise ».

- C'est ce qui va arriver, affirme l'inspecteur. Je vous trouverai un nouveau chauffeur. Vous n'allez pas retourner à Inverness pour y être félicitée, chère Amytis, mais vous partirez demain pour Glasgow, avec votre classe. Vous aurez droit à un beau discours du Mayor au Town Hall, ainsi qu'une décoration. Je me charge de tout organiser. Votre Caféman sera livré à la police française. Sa bande et celle de John, que je soupçonne être rivales, seront bientôt sous les verrous.

Cerise lève alors la main pour demander :

- Nous n'aurons pas le temps de visiter Londres, alors ?

- Hélas non, répond le maître. Nous y passerons juste une nuit avant de regagner la France. Cependant, je vous promets de vous reprendre à la rentrée, en CM2, et nous irons passer au moins une semaine à Londres l'an prochain.

- Ouais ! clame Jasper. Et si quelqu'un vole les bijoux de la Couronne, gare à lui ! Les super-héros de monsieur Moury seront là !

Les enfants laissent éclater leur joie. Romain se penche vers Alison et lui glisse à l'oreille :

- Demande donc à la cuisinière s'il y aura du *haggis* au prochain repas ?

Comme la cuisinière assure que oui, Romain lance à pleine voix :

– Super-Jasper va se mettre au *haggis* ! Car c'est la nourriture des héros !

La classe pouffe de rire alors que Jasper tire une mine dégoûtée. Amytis a un sourire rayonnant, puis elle décoche un clin d'œil complice à son ami.

Alain Surget

Né à Metz en 1948, Alain Surget a été professeur d'histoire. Il commence à écrire dès l'âge de 16 ans en composant des poésies, des nouvelles et des pièces de théâtre. Il est aujourd'hui l'auteur de nombreux romans et séries - *L'Œil d'Horus, Le Renard de Morlange, Tirya, Les Enfants du Nil, Les Agents secrets de l'Olympe...* - et participe régulièrement à des ateliers dans les médiathèques et les écoles. Alain est surtout un grand rêveur qui ne manque pas de porter le kilt quand il voyage en Écosse au pays des lacs à monstres !

Louis Alloing

Louis Alloing voit le jour en 1955 à Rabat, au Maroc, et passe sa jeunesse à Marseille. Passionné de dessin, il fait des études d'arts graphiques dans cette belle ville du Sud, puis à Paris. Après avoir travaillé dans la publicité, il se consacre à la littérature pour la jeunesse. Il est notamment l'illustrateur de la bande dessinée *Marion Duval* et des séries *Plume le pirate* et *Princesse Olympe*. Pour cette nouvelle aventure dans les Highlands, le costume de pirate étant fortement déconseillé, Louis a reçu un magnifique kilt d'Alain Surget, histoire de voyager incognito et ne pas se faire trop remarquer...

Table des matières

Retrouve la trilogie dans un magnifique **coffret** en **édition limitée** !

MYSTÈRES L'intégrale DANS LES HIGHLANDS

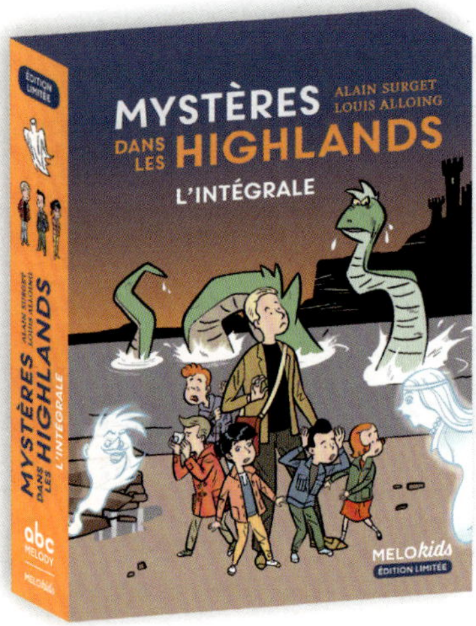

C'est le grand départ pour Alex Moury et sa classe de CM1 ! Direction l'Écosse et ses paysages grandioses, son folklore et ses mystères...

Entre les apparitions d'inquiétants fantômes et un intrigant vol de bijoux, Amytis, Romain, Hugo et leurs copains ne devraient pas oublier leur voyage dans les Highlands de sitôt !

UNE TRILOGIE PALPITANTE !